Gerührt Berührt
Mit Gefühl für unsre Erde

Pia Penn

Besuchen Sie uns im Internet:

www.PiaPenn.de

Hinweis: Alle Gedanken und Handlungen in diesem Buch wurden sorgfältig erwogen und geprüft, dennoch kann keine Garantie übernommen werden. Eine Haftung der Autorin bzw. des Verlages und seiner Beauftragten für Personen-, Sach- und Vermögensschäden ist ausgeschlossen.

Bibliografische Information Der Deutschen Bibliothek

Die Deutsche Bibliothek verzeichnet diese Publikation in der Deutschen Nationalbibliografie; detaillierte bibliografische Daten sind im Internet unter http://dnb.ddb.de abrufbar.

Die Bilder wurden 2010 überwiegend in den kroatischen Nationalparks Krka und Plitvicka Jezera aufgenommen.

Fotos: © Marc Schaurer

1. Auflage 2010

2. Auflage 2011

Layout: Irene Schaurer

Herstellung und Verlag:
Books on Demand GmbH, Norderstedt

BoD verwendet ausschließlich Qualitätspapiere, die säure-, holz- und chlorfrei und alterungsbeständig sind. Die verwendete Papiersorte ist PEFC-zertifiziert (Programme for the Endorsement of the Forest Certification Schemes), d.h. sie entsteht aus einer nachhaltigen Waldbewirtschaftung und einer umweltgerechten Produktkette von der Verarbeitung bis zum Endverbraucher.

ISBN 978-3-8391-4083-3

Gerührt Berührt

Mit Gefühl für unsre Erde

Es war einmal ein kleines Kind,

das eilt durchs Leben ganz geschwind.

Voll Freud und voller Heiterkeit

genießt das Kind die Zeit.

5

Da hört's ein Flüstern und ein Raunen,
es lauscht ganz ohne Arg,
und hört mit wachsendem Erstaunen
ein Murmeln aus dem Sarg:

Lieb Kind, nach Mekka sollst du eilen,
dort nur kann deine Seele heilen.
Lobe Allah, deinen Herrn,
alles andre sei dir fern.

Mohammed sagt wohl zu recht:

„Dies ist gut und das ist schlecht!"

Und das Kind lernt gleich im Nu

dies Tabu und das Tabu.

Und ein jegliches Tabu
mauert es ein wenig zu.
Es beugt das Knie und küsst den Boden,
um Allah, seinen Herrn, zu loben.

Da hört's ein Flüstern und ein Raunen,
es lauscht ganz ohne Arg,
und hört mit wachsendem Erstaunen
ein Murmeln aus dem Sarg:

Dein Heil, mein Kind, das ist doch klar,

das findest du in Afrika!

Die Natur, die ist dein Meister,

und Dämonen und auch Geister.

Der Schamane sagt zu recht:
„Dies ist gut und das ist schlecht!"
Und das Kind lernt gleich im Nu
dies Tabu und das Tabu.

Und ein jegliches Tabu

mauert es ein wenig zu.

Das Kind tanzt jetzt ganz ungeheuer

mit dem Schamanen um das Feuer.

Da hört's ein Flüstern und ein Raunen,
es lauscht ganz ohne Arg,
und hört mit wachsendem Erstaunen
ein Murmeln aus dem Sarg:

Deinen Frieden kannst du finden,
mein liebes Kind, in Indien!
Stimme nur die Götter heiter,
dann geht auch dein Leben weiter.

Schiwa sagt ja wohl zu recht:

„Dies ist gut und das ist schlecht!"

Und das Kind lernt gleich im Nu

dies Tabu und das Tabu.

Und ein jegliches Tabu

mauert es ein wenig zu.

Es opfert schnell und ohne Frage

den Göttern seine ganze Habe.

Da hört's ein Flüstern und ein Raunen,
es lauscht ganz ohne Arg,
und hört mit wachsendem Erstaunen
ein Murmeln aus dem Sarg:

Willst du dich retten, eile schnell,
mein liebes Kind, nach Israel!
Der Rabbi, dieser Schriftgelehrte,
bringt dich auf die rechte Fährte.

Er sagt dir mit Fug und Recht:
„Dies ist gut und das ist schlecht!"
Und das Kind lernt gleich im Nu
dies Tabu und das Tabu.

Und ein jegliches Tabu
mauert es ein wenig zu.
Es zündet an den Siebenleuchter,
die Augen werden feucht und feuchter.

Da hört's ein Flüstern und ein Raunen,
es lauscht ganz ohne Arg,
und hört mit wachsendem Erstaunen
ein Murmeln aus dem Sarg:

Halt ein, lieb Kind, und trage
das Kreuz bis ans Ende deiner Tage!
Dem Christentum kannst du vertrauen
und deine Hoffnung darauf bauen.

Petrus sagt ja wohl zu recht:

„Dies ist gut und das ist schlecht!"

Und das Kind lernt gleich im Nu

dies Tabu und das Tabu.

Und ein jegliches Tabu
mauert es ein wenig zu.
Eingemauert, welch ein Jammer,
sitzt das Kind in seiner Kammer.

Die Angst, die macht sich höllisch breit,
vorbei sind Freud und Heiterkeit.
Und es weint ganz ohnegleichen
zum Steinerweichen.

Die Tränen klären seinen Blick
und öffnen ihm den Weg zum Glück.
Denn vor Gott im Himmelreich
sind ja alle Menschen gleich.

Vergiss die Tränen, fang an zu lachen,
das Leben soll allen Menschen Freude machen!
Nicht von Macht und nicht von Geld,
nein, von Liebe lebt die Welt.

Willst du leben hier in Frieden,
fange an, dich selbst zu lieben.

Das ist der Sinn von diesem Leben:

Liebe nehmen und Liebe geben.

Das Buch ist dem Klimaschutzprojekt
Solarwohnpark Les Landes gewidmet

http://www.leslandes.de

Herzlichen Dank an alle Menschen,

die sich fördernd, pflegend und schützend

für unsere Erde engagieren.

Gerührt Berührt
Mit Gefühl für unsre Erde

Pia Penn

Der Titel wird produziert als:

Paperback • ISBN 973-3-8391-4083-3
Ebook • ISBN 978 -3-8423-1975-2
und Videobook[1] mit akustischen und visuellen Effekten.

[1]Beachten Sie bitte unsere Hinweise im Internet:
www.PiaPenn.de